Udo Richard

Geschichten
vom kleinen Delfin

Illustrationen von Sabine Kraushaar

Loewe

Bibliografische Information Der Deutschen Bibliothek
Die Deutsche Bibliothek verzeichnet diese Publikation
in der Deutschen Nationalbibliografie;
detaillierte bibliografische Daten sind im Internet
über http://dnb.ddb.de abrufbar.

*Der Umwelt zuliebe ist dieses Buch
auf chlorfrei gebleichtem Papier gedruckt.*

ISBN 3-7855-4557-6 – 1. Auflage 2003
© 2003 Loewe Verlag GmbH, Bindlach
Umschlagillustration: Sabine Kraushaar
Reihengestaltung: Angelika Stubner

www.loewe-verlag.de

Inhalt

Der kleine Delfin

Tobby, der kleine 🐬 , lebt mit

vielen anderen 🐬 im 🌊 .

Wunderschön ist es hier!

Am strahlend blauen ☀️

fliegen kreischend die 🕊️ .

Auf einer kleinen 🪨 liegen

die 🦭 faul in der ☀️ .

Und im  schwimmen

uralte  und riesige .

Ab und zu kommt ein vorbei.

Wie jetzt gerade!

Neugierig streckt Tobby den

aus dem . Ach ja, das

kennt er schon. Die  darauf

wollen die  und

beobachten.

Aufgeregt rudern die

mit den . Sie haben den

kleinen entdeckt. Viele

von ihnen halten einen

in der  .

„Na, dann mal los!", sagt sich der

kleine . Elegant reitet er auf

der großen  vor dem  .

„Oooh", staunen die  .

Dann schwingt sich Tobby aus

dem und läuft rückwärts

mit der 🐋 über die  .

„Aah", tönt es vom .

Nun springt Tobby so hoch, als

wollte er die  berühren.

Platsch!, macht es, als er mit

dem ↓ auf das klatscht.

„Iiih!", schreien die .

Sie sind ganz nass geworden.

Tobby reißt den auf, nickt

mit dem und lacht keckernd.

Die  stehen da mit

offenem – dann müssen

sie auch lachen. So einen frechen

kleinen  haben sie noch

nie gesehen!

Tobby und die Tierkinder

Der kleine stützt den

in die und denkt nach:

„Ich würde ja zu gerne mal mit

kleinen  spielen. Oder

mit kleinen  ! Am liebsten

‚Fang den ' oder vielleicht

auch ‚ versenken'!"

Der kleine schwimmt los.

Als Erstes trifft er Kalli  .

Aber komisch! Kalli mag gar

nicht ‚Fang den ‘ spielen.

Er zwackelt wild mit seinen .

Da schwimmt Tobby lieber

schnell weiter. Als Nächstes sieht

der kleine  Susi auf

einem liegen. „Butschi-

butschi bäh!", macht Susi.

„Die ist ja noch ein !", denkt

der kleine  und schwimmt

weiter. Dort, wo das  ganz

tief ist, sieht Tobby Willi .

Aber leider ist selbst ein sehr

kleiner  viel zu groß

für einen kleinen .

Schließlich trifft Tobby Siggi .

Siggi balanciert einen roten

auf der . „Cool!", sagt Tobby.

„Darf ich auch mal probieren?"

„Klar!", sagt der kleine .

Er patscht ihm den  mit

der 🖐 zu. Auch Tobby kann

den ⚫ balancieren – auf

seinem 🐬. „Toll!", ruft Siggi

und klatscht in die 🦭.

Der kleine  und der

kleine machen ab jetzt

immer alles gemeinsam.

Und ‚Fang den ‘ spielen?

Das tun sie auch!

So richtig wild

Die  lacht vom ⚬ , ein

frischer ☁ kräuselt die 🌊 ,

und Tobby fühlt sich stark wie

ein 🐄 . Der kleine 🐬

will heute mal so richtig wild sein.

Er ballt die ✊ und fletscht

übermütig die 🦷 .

Dann schießt er wie ein

durchs . „Aus dem  ,

ihr trüben !", brüllt er. „Oder

wollt ihr mit mir kämpfen?"

Vergnügt gluckst der kleine

vor sich hin. Da entdeckt er

auf einem eine .

„He, du!", ruft er ihr zu. „Willst

du mit mir kämpfen?"

Die  klappt erschrocken

ihre 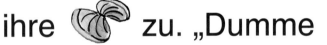 zu. „Dumme  !",

denkt der kleine und

schwimmt weiter.

Da trabt von rechts ein 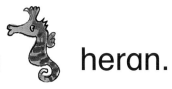 heran.

„Na, du kleines  ?", poltert

Tobby. „Wie wär's, wollen wir

ein bisschen boxen?"

Das 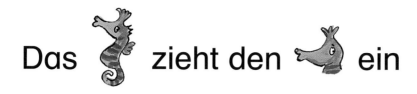 zieht den ein

und galoppiert eilig davon.

Jetzt drückt Tobby nochmal

richtig auf die . Wie eine

saust er durchs  .

Plötzlich türmt sich eine große

graue vor ihm auf.

Der kleine kann gerade

noch bremsen. „Na, du  ?",

brummt ein riesiger  .

„Willst du etwa mit mir kämpfen?“

„Äh, ich?“, piepst Tobby. „Lieber

nicht!“ Und plötzlich ist der

kleine  wie ein im

tiefen verschwunden.

Die traurige Seejungfrau

Auf einem  sitzt eine

kleine in der und

weint bittere . Es ist Lissy,

die des . Tobby streckt

den aus dem .

„Was ist denn los, Lissy?", fragt

der kleine besorgt.

„Ach, Tobby", schluchzt die

kleine , „ich habe meine

hier zwischen den  verloren."

„Ich helfe dir suchen!", ruft der

kleine und ist schon in

den verschwunden.

Er schwimmt zu dem alten ,

das bei den  gesunken ist.

Hier arbeitet Horst, der  .

Er hat immer viel zu tun. Gerade

sägt er neue zurecht.

„Hast du zufällig Lissys

gesehen?", fragt Tobby.

„Nee", knurrt der  und

sägt weiter.

Glibby, die , weiß auch

von nichts. Sie schüttelt nur

traurig den und wallt wie

ein davon.

Plötzlich sieht Tobby etwas

im  blitzen. Da ist Ingo,

der  . In seinen  hat

sich Lissys  verfangen.

„Danke!", ruft der , als ihn

Tobby von der schweren

befreit. „Danke! Danke!", jubelt

auch die kleine  erleichtert.

Die  glitzert endlich wieder

auf ihrem . „Ach, Tobby,

du bist der liebste auf der

ganzen 🌍 !", sagt Lissy.

Dann umarmt sie ihn und gibt

ihm einen dicken ☀.

Die Wörter zu den Bildern:

 Delfin

 Schildkröten

 Meer

 Wale

 Himmel

 Schiff

 Möwen

 Kopf

 Insel

 Menschen

 Seehunde

 Arme

 Sonne

 Fotoapparat

 Wasser

 Hand

Welle

 Scheren

 Schwanz-
flosse

 Seestern

 Wolken

 Felsen

 Rücken

 Baby

 Schnabel

 Ball

 Mund

 Nase

 Flossen

 Wind

 Krebs

 Stier

 Quallen

 Zähne

Pfeil

 Rakete

 Weg

 Mauer

 Tassen

 Garten-zwerg

 Muschel

 Blitz

 Schalen

 Seejungfrau

 Gans

 Tränen

 See-pferdchen

 Königin

 Würstchen

 Krone

 Tube

 Sägefisch

Masten

 Stacheln

 Geist

 Welt

 Seetang

 Kuss

 Seeigel

Udo Richard wurde 1966 in Halle/Westf. geboren. Er studierte Germanistik in Bamberg und Columbia, S.C.. Danach arbeitete er mehrere Jahre in der Redaktion eines großen Kinderbuchverlags. Seit Mitte 1999 schreibt und übersetzt er Kinderbücher.

Sabine Kraushaar zeichnete schon, als sie gerade mal einen Bleistift festhalten konnte. Ihr großer Traum war, später Kinderbücher zu illustrieren. Sie studierte Grafik an der Kunstakademie in Maastricht. Und 1995 ging ihr Kindheitstraum in Erfüllung.

Bildermaus-Geschichten von der Dachbodenbande
Bildermaus-Geschichten vom Fußballplatz
Bildermaus-Geschichten vom kleinen Feuerwehrmann
Bildermaus-Geschichten von der kleinen Hexe
Bildermaus-Geschichten vom kleinen Indianer
Bildermaus-Geschichten von der netten Krankenschwester
Bildermaus-Geschichten vom kleinen Pinguin
Bildermaus-Geschichten aus der Schule
Bildermaus-Geschichten von der Uhr
Bildermaus-Geschichten vom kleinen Weihnachtsmann

Loewe